쓰레기가 삼킨
100층 아파트

꿈터 어린이 문학 50

쓰레기가 삼킨
100층 아파트

초판 1쇄 펴낸날 2025년 2월 12일

글 류미정　**그림** 김이주

펴낸이 허경애

편집 최정현 이나영　**디자인** Parfait　**마케팅** 정주열

펴낸곳 도서출판 꿈터　**출판등록일** 2004년 6월 16일 제313-2004-000152호

주소 서울시 마포구 양화로 156, 엘지팰리스빌딩 825호　**전화번호** 02-323-0606　**팩스** 0303-0953-6729

이메일 kkumteo2004@naver.com　**블로그** blog.naver.com/kkumteo-　**인스타** kkumteo

ISBN 979-11-6739-135-3　(73810)

어린이제품안전특별법에 의한 제품 표시
제조자명 꿈터 | 제조연월 2025년 2월 | 제조국 대한민국 | 사용연령 6세 이상 어린이 제품
주의사항 종이에 베이거나 긁히지 않도록 조심하세요. 책 모서리가 날카로우니 던지거나 떨어뜨리지 마세요.

* KC 마크는 이 제품이 공통안전기준에 적합하였음을 의미합니다.
* 잘못된 책은 구입하신 서점에서 바꾸어 드립니다.

차례

하읭~

아빠는 환경 운동가

지구를 통틀어 우리 아빠가 세상 최고 바쁠 것이다.

아빠는 환경 운동가다. 무슨 운동을 하냐고? 공을 뻥뻥 차는 축구도 아니고, 엄청 오래 달려야 하는 마라톤도 아니다. 말 그대로 환경을 지키기 위해서 운동처럼 꾸준히 해야 하는 일이다.

아빠가 엄청 자주 하는 말이 있다. 나를 사랑한다는 말보다 더 자주 하기 때문에 질투가 나는 단어다.

바로 탄소 중립!

내 질투심의 유발자, 적을 제대로 알고 싶어서 검색해 보았다. 하지만 도통 무슨 말인지 모르겠다.

"뭐야? 무슨 말인지 하나도 모르겠잖아."

인터넷 검색을 통해 알아낸 탄소 중립은 어려운 말뿐이었다. 탄소 중립을 연구하는 어쩌구 박사라면서 어려운 말로 잘난 척을 하는 것만 같았다. 그나마 '온실가스'라는 말은 수업 시간에 들어 봤는데…….

아빠한테 물어볼 수밖에 없다. 하지만 바쁜 아빠가 내 전화를 받을 확률은 높지 않다. 그래도 아빠가 전화를 받을 때까지 끈질기게 전화를 걸 거다. 궁금한 것은 똥 마려운 걸 참는 것만큼이나 힘든 일이니까.

"아빠, 아빠!"

다행히 아빠가 세 번 만에 전화를 받았다. 내가 다급하다는 것을 알려야 했기에 아빠를 연거푸 불렀다. 그래야만 내 말에 귀를 기울여 주기 때문이다. 그만큼 아빠는 늘 바쁘다.

"힘찬아. 무슨 일이야? 아빠가 지금 무지 바쁜데……."

말 안 해도 아빠가 바쁜 건 안다.

"아빠, 탄소 중립이 뭐야?"

"아, 우리 힘찬이가 드디어 환경에 관심을 가지는 거야?"

갑자기 아빠 목소리가 흥분한 것처럼 팡팡 뛰었다. 바쁘다는 핑계로 전화를 끊지 않을 거라는 확신이 들었다.

"온실가스 어쩌고저쩌고하는데 무슨 말인지 모르겠어."

"탄소 중립을 쉬운 말로 하면 온실가스 제로라 생각하면 돼! 말 그대로 온실가스를 없애자는 거지. 온실가스 때문에 지구 온난화가 생기고, 그래서 남극의 빙하가 녹고 있다는 뉴스는 들어본 적 있지?"

"알아. 그 정도쯤이야."

내가 아는 부분에서는 과장하여 아는 척을 했다.

열 살이면 그 정도는 기본으로 안다는 것을 아빠에게 은근 자랑하고 싶었다. 무엇보다 나는 환경 운동가, 탄소 중립을 외치며 바쁘게 활동하는 아빠의 아들이니까.

"전기를 쓰면 탄소가 발생하지? 발생한 탄소만큼 생태계가 흡수하는 거야. 그럼 탄소는 제로가 되고, 탄소 중립이 되는 거지. 아, 여기서 중립이란……."

"아빠! 저도 알거든요. 중립은 그러니까, 음……. 똑같은 거잖아요. 온실가스를 내뿜는 거랑 온실가스를 먹는 거랑. 그러니까 시소를 타면 똑같이 되는 거……, 같은데."

머릿속에 있는 말이 정돈되지 않고 마구 튀어나왔다. 아빠에게 아는 척을 하고 싶었지만 혀까지 꼬여 버렸다.

"오, 우리 힘찬이 대단한걸?"

내가 얼렁뚱땅 말해도 아빠는 다 알아들었나 보다.

솔직히 아빠 혼자서 바쁘게 움직인다고 환경이 얼마나 달라질까 싶다. 여전히 뉴스에서는 온실가스에 대해 떠들어 대고, 쓰레기가 넘쳐 난다고 하니까 말이다. 거기에 빙하까지 녹고 있어서 우리는 언제 물에 잠길지 모른다. 그런 생각까지 들자 무서움에 몸이 떨려 왔다.

'혼자보다는 둘이 좋은데……. 사람들이 아빠를 도왔으면 좋겠다.'

마음속에 작은 바람이 생겼다. 그럼 나부터 달라져야 하나?

아빠를 데리러 온 우주선

당연히 아빠가 늦을 거라는 생각에 혼자 저녁 먹을 준비를 했다. 간단하게 패스트푸드를 먹고 싶지만, 아빠는 절대로 허락하지 않는다. 포장 용기가 녹지 않는 쓰레기라서 그렇다.

할머니가 끓여서 보내 준 된장찌개를 데워 밥을 먹고 있었다.

띠 띠 띠리리.

현관문 비밀번호를 누르는 소리가 들렸다.

"누구지? 이 시간에 올 사람이……?"

아빠였다.

"아빠, 오늘은 해가 동쪽에서 졌어요? 왜 이렇게 일찍 들어오셨어요?"

너무 반가운 마음에 농담을 던졌다.

"어? 어, 힘찬아. 아빠가 좀 바빠서 말이야."

아빠는 서둘러 서재로 들어갔다. 나도 밥을 먹다 말고 아빠를 따라 서재로 향했다. 이렇게 아빠가 일찍 들어오는 날은 일 년에 몇 번 있을까 말까다.

"아빠, 아까 전에 탄소 중립 이야기했잖아요. 제가 찾아봤는데……."

"어? 이걸 어떻게 찾지?"

아빠가 엉뚱한 대답을 했다. 아빠의 손은 두꺼운 종이 뭉치를 빠르게 넘기고 있었다. 나는 아빠 옆에 붙어 서서 얼굴을 바짝 들이댔다.

"아빠 탄소 중립을 위해서는 나무를 많이 심으면 된대요. 그래서 저도 이번에 나무 심는 일을 도울 거예요. 우리 아파트 광장에 나무를 심는다는 안내문이 붙었거든요. 보셨어요?"

"찾았다!"

아빠가 종이 뭉치를 던져두고 서재를 나갔다. 아빠는 내 옆에 있지만, 아빠 정신은 다른 곳에 있는 것 같았다.

"아빠!"

나는 아빠를 부르며 방으로 따라 들어갔다.

아빠는 커다란 가방에 옷을 챙겨 넣고 있었다. 얼마나 서두르는지 가방이 옷을 잡아먹는 것 같았다. 겨우 가방

을 닫은 아빠는 그제야 나를 발견한 듯했다. 나는 줄곧 아빠 옆에 붙어 있었는데…….

"어? 힘찬아! 저녁은 먹었니?"

"아빠요? 저녁 아직이죠? 할머니가 보내 주신 된장찌개 다시 데울까요?"

"아니야. 아빠가 지금 어디를 가야 해. 잠깐, 힘찬아."

아빠가 갑자기 내 손을 잡아끌더니 바닥에 앉혔다. 그러고는 한숨을 길게 내쉬었다. 분위기가 심상치 않다. 나는 침을 꼴딱 삼키며 아빠 얼굴을 쳐다봤다. 면도를 제대로 하지 않은 아빠 얼굴에 난 수염이 오늘따라 낯설게 느껴졌다.

"아빠는 지금 우주선을 타고 클린 행성으로 갈 거야."

"클린 행성이라고요? 우, 우주선을 타고요?"

너무 놀라니까 말도 제대로 나오지 않았다.

"지금 밖에 우주선이 와 있어. 그래서 길게 이야기할 시간이 없단다. 아빠가 우주선을 다시 보낼 테니까 너도 클린 행성으로 와. 알았지? 이제 지구는 쓰레기가 넘쳐 나서 살 수 없어. 클린 행성에 가서 도움을 청할 수밖에……. 휴."

아빠는 또 한숨을 쉬었다. 한숨이 방바닥을 뚫고 땅속 깊은 곳에 박힐 것만 같았다. 아빠가 말하지 않아도 지구 쓰레기가 얼마나 심각한지 나도 안다.

쓰레기로 꽉 찬 무인도만 해도 어마하다고 했다. 그런데도 쓰레기 버릴 곳이 없다니……. 이러다 쓰레기 속에 파묻혀 살지도 모르겠다. 생각만 해도 공포 영화를 보는 것처럼 오싹해진다.

클린 행성은 한때 쓰레기로 몸살을 앓았다. 하지만 지금은 우주에서 가장 깨끗하고 쓰레기 없는 행성으로 유명하다. 아빠는 그곳에 가서 지구를 살릴 방법을 찾겠다고 했다. 만약 방법이 없다면 영원히 클린 행성에 살지도 모른단다.

그건 싫다.

할머니도 못 보고, 친구들과 헤어지는 것은 죽어도 싫다. 말도 통하지 않는, 무엇보다 와이파이가 없는 곳에서는 하루도 살 수 없다.

그것보다 쓰레기한테 쫓겨나야 한다는 사실을 받아들일 수 없었다. 아빠가 지구를 구할 방법을 알아 왔으면 좋겠다.

갑자기 창으로 밝은 빛이 들어왔다. 깜빡이는 불빛은 우주선이 내뿜는 빛이었다. 우주선은 아빠에게 어서 빨리 나오라며 빛으로 신호를 보냈다.

"아, 아빠! 조심히 다녀오세요. 꼭 방법을 찾아오셔야 해요. 지구가 쓰레기한테 먹히면 안 되니까요."

눈물이 날 것 같았다. 이대로
아빠를 못 보게 되면 어쩌나 걱정도 되었다.

"그래, 그래. 힘찬아, 아빠가 다시 연락할게."

아빠는 서둘러 신발을 신고 밖으로 나갔다. 베란다로
달려 나가 우주선을 타는 아빠를 봤다. 뺨 위로 눈물이
또르르 흘렀다.

지구 생각은 쥐똥만큼도 안 하고, 쓰레기를 마구 버리
는 사람들이 미웠다. 아빠와 나를 헤어지게 만든 사람들
에게 화가 났다. 우리가 쓰레기를 줄이고 환경을 지켰다
면 아빠가 클린 행성에 갈 일도 없을 텐데……. 주먹으로
눈물을 훔치는 사이, 우주선은 사라졌다.

보이지 않는 우주선을 향해 손을 흔들었다.

엘리베이터 말고 계단

눈을 떠 보니 아침이었다.

아빠가 없는 빈자리가 너무 크게 느껴졌다. 아빠는 언제나 일찍 출근하기 때문에 나 혼자 눈을 뜨는 경우가 많았다. 하지만 오늘은 다르다. 아빠는 지구가 아닌 저 멀리 우주 속 다른 행성으로 떠났으니까.

토요일이라 학교에 가지 않으니 침대에 그대로 누워 있었다. 이불을 머리끝까지 올렸다. 아빠가 금방이라도 방문을 열고 들어와서 "잠꾸러기! 어서 일어나!" 소리치며 장난을 칠 것만 같았다.

"아빠, 잘 도착한 거지?"

듣지도 못할 아빠를 향해 소리쳤다.

띠리링!

우주에 있는 아빠에게 내 목소리가 들린 걸까? 아빠에게서 문자가 왔다. 너무 반가워 이불을 박차고 벌떡 일어났다.

힘찬아, 아빠는 잘 도착했다. 아빠가 우주선을 보낼 테니까 너도 클린 행성으로 오길 바란다. 지구를 구할 방법이 있다는구나. 힘찬이가 아빠에게 힘을 보태 주면 좋겠다. 아빠 문자를 보는 즉시 출발하렴.

아싸~! 지구를 떠나지 않아도 된다. 어서 빨리 클린 행성으로 날아가서 방법을 알아 와야겠다. 마음이 급해지니까 발이 제멋대로 꼬였다. 우당탕 넘어졌지만, 자꾸만 웃음이 새어 나왔다.

그때 다시 문자가 왔다.

우주선이 옥상에 비상 착륙해야 한다는구나. 쓰레기가 넘쳐 나서 지구 어디에도 착륙할 곳이 없다고 하네. 서둘러 옥상으로 올라가기를 바란다. 그런데 힘찬아, 엘리베이터 대신 계단으로 올라와야 한다. 엘리베이터를 타게 되면 전기를 사용하게 되고, 그만큼 전기를 만들려면 환경에 좋지 않을 거야. 아빠는 힘찬이를 믿는다!!!

아빠는 바쁘지도 않나 보다. 문자로 잔소리 하는 것을 보면 말이다. 아빠가 느낌표 세 개만 보내지 않았어도 몰래 엘리베이터를 탔을 거다. 왜냐하면 우리 집은 1층이고, 우리 아파트는 100층이기 때문이다.

'엘리베이터가 전기를 얼마나 쓴다고 그러신담. 휴, 언제 100층까지 올라가지?'

올라도 올라도 끝이 보이지 않는, 젤리처럼 쭉 늘어나는 계단이 상상되었다. 그러자 다리에 쥐가 나는 듯 저려왔다.

이것저것 챙겨 넣었던 짐
을 모두 뺐다. 계단으로 올
라가려면 짐을 최소한으로
줄여야 한다. 꼭 필요한
것만 책가방에 넣고 현
관문을 나섰다.

너무나도 바쁜 소설가

숨을 깊이 들이마셨다.

이제부터 시작이다. 아빠를 오래 기다리게 할 수 없다. 어서 빨리 올라가서 우주선을 타야 한다.

내 이름은 힘찬이다. 내 이름처럼 힘차게 계단을 오르면 100층까지 금방일 거다.

하지만 계단을 오르는 일은 마음먹은만큼 쉽지 않았다.

'이럴 줄 알았으면 평소에 운동 좀 하는 건데……'

겨우 10층까지 올랐는데 다리가 후들후들했다. 숨이 턱밑에까지 차올라서 이대로 계단에서 쓰러져 죽을 것만 같았다. 계단에서 쓰러지면 아무도 모를 것이다. 사람들은 편하게 엘리베이터를 타고 다니니까. 해골이 될 때까지 혼자 계단에 버려져 있을 걸 상상하니까, 몸이 으스스 떨려 왔다. 그러자 정신이 번쩍 들었다.

'그래, 할 수 있다. 아빠가 그랬어. 세상에 못 할 일은 하나도 없다고. 100층까지? 이제 겨우 90층 남았잖아.'

주먹을 불끈 쥐면서 파이팅을 외쳤다.

모래주머니를 단 것처럼 발이 무겁게 느껴졌

지만, 이를 악물었다. 쓰레기 괴물이 지구를 정복하는 상상에 나도 모르게 몸에 힘이 들어갔다. 쓰레기 괴물이 내뿜는 냄새에 우리는 하루도 살지 못할 거다.

'20'이라는 숫자를 보는 순간 나도 모르게 털썩 주저앉았다. 배에서 꼬르륵 소리가 요란스럽게 들렸다. 그러고 보니 아침밥도 먹지 않았다. 우주선 탈 생각에 마음만 앞섰던 거다.

마침 엘리베이터 문이 열리고 음식 배달원이 모습을 드러냈다. 배달원 손에는 배를 더 요란하게 만드는 음식이 쥐여져 있었다. 음식이 풍기는 냄새에 코가 벌름거려지면서 입속에 침이 가득 고였다. 배달원은 2002호 벨을 눌렀다.

"두고 가세요."

안에서 들려오는 소리에 배달원은 현관 앞에 음식을 놓고 바로 엘리베이터를 타고 내려갔다. 입안에 모인 침이 목구멍을 타고 꿀꺽꿀꺽 넘어갔다.

'꼬르륵, 꼬르륵. 어서
음식을 넣어 줘!'
　배에서 밥을 달라고
소란을 피웠다. 나도 모
르게 음식을 향해 손
을 뻗었다. 그 순간 현

관문이 열리면서 머리를 박았고, 뒤로 넘어지면서 엉덩방아를 찧었다.

콰당!

"아이코!"

"괜찮니?"

곰 발바닥처럼 커다란 손이 나를 향했다. 수염이 덥수룩한 아저씨가 안경 너머 눈을 껌뻑이며 나를 쳐다봤다.

순간 정말로 곰처럼 보여서 뒤로 물러났다. 아저씨는 나를 일으켜 주면서 누구냐고 물었다.

"자, 잡아먹지 마세요."

"뭐? 뭐라는 거니?"

아저씨가 허허 웃었다. 그제야 정신이 들었다. 배가 고파서 헛것이 보였나 보다.

"배, 배가 고파요."

내 말을 증명이라도 하는 듯 때마침 배에서 꼬르륵 소리가 났다.

"혼자 먹기 심심했는데 들어와서 같이 먹을래?"

아저씨 말이 끝나기가 무섭게 잽싸게 현관문을 제치고
들어갔다.

"헉!"

신발을 벗고 들어가고 싶었지만 발을 디딜 수 있는 공
간이 없었다. 아저씨 집은 마치 일회용품 세상 같았다.

'배달 음식을 얼마나 많이 시켜 먹으면 이렇게 될까?'

내 생각을 눈치챘는지, 아저씨가 큼큼거리며 발로 쓰레기를 밀었다. 그러자 아주 작은 공간이 만들어졌다.

'일단 먹고 보자!'

아저씨와 이마를 맞대고 먹었다. 어찌나 맛있는지 음식이 코로 들어가는지 입으로 들어가는지 모를 정도였다.

"꺼어억! 잘 먹었다."

빵빵해진 배를 두드리며 트림까지 했다. 그런 내가 귀엽다며 아저씨는 껄껄 웃었다. 함께 음식을 먹고 나니 아저씨가 가깝게 느껴졌다.

"아저씨, 많이 바빠요?"

나는 아저씨의 깎지 않은 수염을 보며 물었다. 사실 쓰레기로 넘쳐 나는 집을 보고 한 소리다. 처음 보는 어린이가 집 꼴이 이게 뭐냐고 잔소리를 하면 기분 나빠 할까 봐 일부러 돌려 말한 거다. 나도 아빠가 방 청소 좀 하라고 잔소리를 하면 듣기 싫으니까.

"많이 바쁘지. 나는 소설을 쓰고 있는데, 너무 바빠서 음식을 만들 시간이 없단다. 요리하다가 번뜩이는 아이디어가 떠올라 글쓰기에 빠지는 바람에 집을 홀라당 태워 먹을 뻔한 적도 있어. 그 다음부터는 음식을 만들어 먹지 않아. 시켜 먹으니까 너무 편하고 좋아."

일회용 그릇이 절대로 썩지 않을 플라스틱으로 만든다는 것을 아저씨는 모를 거다. 그러니까 편하다는 이유로 음식을 시켜 먹지.

음식을 나눠 준 아저씨한테 잔소리할 수 없지만, 해야만 했다. 나는 쓰레기로부터 지구를 구하기 위한 임무를 갖고 클린 행성으로 떠날 몸이니까.

눈앞에 있는 쓰레기를 두고
그냥 간다는 건, 아빠의

휘익~

아들로 부끄러운 일이 될 거다.

"아저씨, 음식은 정말 맛있게 잘 먹었어요."

"나도 맛있었단다. 늘 혼자 먹다가 둘이 먹으니까 더 맛있는 것 같아. 사실 혼자 먹으면 맛보다는 배를 채우는 느낌만 들거든. 가끔 배고프면 놀러 와."

아저씨가 플라스틱 쓰레기를 아무렇게나 휙 던졌다. 나도 모르게 눈살이 찌푸려졌다.

"소설가 아저씨가 음식을 만들 시간이 부족할 정도로

바쁘다는 건 알아요."

내 말에 아저씨는 고개를 끄덕였다. 나는 우리를 둘러싸고 있는 일회용 그릇들을 보면서 한숨을 쉬었다. 그러자 아저씨도 내 시선을 따랐다.

"휴, 내가 좀 심하지?"

아저씨가 멋쩍은지 머리를 긁었다. 머리에서 하얀 가루가 공기 중으로 흩어지는 걸 보면, 머리를 감은 지도 오래되었을 거다.

"아저씨, 요즘 글이 잘 안 써지죠?"

"엉? 어? 뭐, 글이?"

아저씨가 말을 더듬었다. 안경을 벗더니 안경알을 옷으로 마구 문질렀다. 내가 무례한 말을 한 것 같아서 겁이 났다. 말을 잘못 꺼냈나 싶어 눈치가 보였다.

"맞아. 요즘 글이 잘 안 써져. 왜 그럴까? 솔직히 이대로라면 더는 소설가로 살 수 없을 거라는 회의감마저 들 정도야."

"혼자서는 회의를 못하죠. 회의는 함께하는 거예요."

"무슨 말이니? 회의를 왜? 아, 네 얘기는 사람들을 만나라는 거구나?"

아저씨가 내 말을 잘못 이해하는 것 같았다. 하지만 내가 하려는 말과는 통하는 것 같아서 대충 둘러댔다.

"네, 맞아요. 사람들을 만나면 기분이 좋아지면서 머릿속이 맑아질 거예요."

"아주 쉬운 걸 잊고 있었네. 하지만 글을 쓴다고 사람들과 연락을 끊은 지도 한참이야. 주변에 친구가 없어."

"가까운 곳에서 친구를 찾으면 되잖아요. 저와 밥 먹으며 친구가 된 것처럼요."

"가까운 곳? 공원에 산책이라도 나가면 사람들을 만날 수 있을까?"

"물론이죠. 바깥 공기도 쐬고, 사람들을 만나서 이야기를 나누다 보면 좋은 글이 떠오를 거예요."

아저씨가 활짝 웃으며 엄지를 척 들어 보였다.

"너 보기보다 똑똑하구나. 회의감이라는 뜻을 모르는 것 같아서⋯⋯. 음. 아, 아니다. 아무튼 고맙다. 네 말대로 해 볼게."

아저씨가 웃으니까 곰돌이처럼 귀여워 보였다.

"아저씨, 나가는 길에 일회용 그릇도 씻어서 재활용에 버려 주세요. 그냥 버리면 안 되고 꼭 물로 음식물을 헹궈야 해요. 그래야 재활용할 수 있거든요. 플라스틱은 절대로 썩지 않기 때문에, 그냥 버려진다면 땅이 죽을지도 몰라요."

"그래, 그래. 지구가 살아야 소설가도 살 수 있겠지?"

그러면서 아저씨가 내 머리를 쓰다듬어 주었다.

"그리고 음식을 만들 시간이 없다면 음식을 직접 주문하러 가세요. 대신 집에 있는 그릇을 꼭 챙겨 가고요."

"산책을 하면서 친구도 사귀고, 몸도 건강해지고, 거기에 지구도 살리고⋯⋯. 우아, 이거 완전 일석삼조네."

아저씨는 당장에 내 말을 행동으로 옮기겠다고 했다. 그런 아저씨가 멋져 보였다. 알았다면서 말만 하는 어른들도 많은데……. 사실 그런 어른들 때문에 지구가 쓰레기에 뒤덮이는 거다.

마음 같아서는 아저씨를 도와 드리고 싶지만, 나도 바쁜 몸이다.

"아저씨 소설책 나오면 꼭 사서 읽어 볼게요. 대신 아저씨도 약속 꼭 지켜야 해요. 일회용 그릇 절대로 쓰지 않기로요."

내가 새끼손가락을 내밀자 아저씨도 곰 발바닥 같은 손가락을 내밀었다. 아저씨가 힘을 줘서 좀 아팠지만, 안 아픈 척 나도 힘을 줬다.

책 읽기를 별로 좋아하지는 않지만, 아저씨가 쓴 소설은 꼭 읽어 볼 거다. 환경을 생각하는 멋진 아저씨가 쓴 소설이니까.

홈 쇼핑에 빠진 샛별이

성큼성큼 두 계단씩 오르던 다리에 힘이 빠지기 시작했다. 너무 짜게 먹었는지 갈증만 났다. 할머니가 해 준 음식은 먹고 나면 행복해진다. 하지만 배달 음식은 먹을 때만 맛있고, 먹고 나면 기분이 별로다. 바닷물을 마신 것처럼 입속이 짜기만 하다. 거기에 숨까지 차니까 죽을 맛이다.

"헉헉."

목마른 강아지 마냥 헛바닥을 내밀었다.

'그래, 조금만 더 올라가자! 조, 조금만!'

35층에 다다르자 나는 침을 꿀꺽 삼켰다.

우리 반 샛별이네 집이다.

샛별이 별명은 신상 공주다. 새로 나온 제품을 샛별이가 가장 먼저 이야기하고 보여 주기 때문이다. 그래서 인기도 많다. 솔직히 나는 샛별이가 신상 공주라서가 아니라 좀 예뻐서 마음에 있다.

'샛별이가 아직까지 자는 건 아니겠지?'

토요일이라 샛별이가 일어나지 않았을 것 같아 걱정이 되었다. 하지만 내가 살아야 한다. 당장 물을 마시지 않고서는 한 발짝도 움직일 수 없었다.

샛별이네 현관 앞에는 내 키를 훌쩍 넘는 택배 상자들이 쌓여 있었다. 샛별이가 홈 쇼핑에 빠져 있다는 건 알고 있었지만, 이 정돈지는 몰랐다.

주말에 배송 온 택배 상자가 이 정도면 평일에는 더 많은 택배가 올 것 같았다.

택배 상자를 피해 벨을 눌렀다. 그런데 대답이 없다.

물을 마시고 싶다는 생각만으로 벨을 계속 눌렀다. 그

러다 번뜩이는 생각이 떠올랐다.
나는 현관문을 쾅쾅 두드리며
소리쳤다.

"택배 왔어요! 택배입니다."

"택배라고요? 잠시만요."

샛별이 목소리다.

택배 왔어요!

쾅 쾅 쾅

샛별이는 꿈속에서도 택배를 받을 것만 같았다. 샛별이의 택배 사랑에 두 손 두 발 다 들었다.

'샛별이를 계속 좋아해도 될까? 나중에 결혼해서 택배만 시킨다면? 나보다 택배를 더 사랑한다면?'

엉뚱한 상상을 하는데 현관문이 열렸다.

"힘찬아? 네가 무슨 일이야?"

샛별이가 실망한 표정을 지으며 물었다. 나는 얼른 한쪽으로 밀어 놓았던 택배 상자를 보였다. 그러자 샛별이 표정이 밝아졌다.

"우리 엄마가 주문해 준 신상도 왔겠지?"

샛별이는 택배 상자를 요리조리 살폈다. 순간 나는 투명 인간이 된 줄 알았다.

"샛별아!"

"아, 힘찬아. 아직 안 갔어?"

역시나 샛별이는 택배 때문에 나를 잊고 있었다.

"나, 물 좀 마실 수 있을까?"

"힘찬아, 좀 도와줄래? 상자 좀 집 안으로 옮겨 줘."

오로지 택배 생각밖에 없는 샛별이가 실망스러웠다.

'이제부터 너를 좋아하지 않아야겠어.'

나 혼자 속으로 다짐했다. 그러면서도 샛별이를 도와서 택배 상자를 안으로 옮겼다.

겨우 집 안으로 들어간 나는 샛별이를 향해 말했다.

"나, 물, 물, 물."

목이 타들어 가서 말도 제대로 나오지 않았다.

"물 마시고 싶다고? 그럼 진즉에 말하지. 목이 타서 말도 제대로 못 하네."

'말했거든? 네가 택배 상자에 빠져서 안 들었잖아.'

속으로 투덜대는 사이, 샛별이가 물을 가져다줬다. 얼마나 목이 탔는지 연거푸 세 잔이나 마셨다.

"끄어억! 이제야 살 것 같다."

"와! 이제껏 살면서 너처럼 물을 맛있게 마시는 사람은 처음 봐."

샛별이가 눈을
반짝이며 쳐다봤
다. 갑자기 심장이
고장 난 것처럼 두
근거렸다. 아무래도
샛별이를 좋아하지
않겠다는 다짐은 지
키지 못할 것 같다.

얼굴이 뜨거워지는 것 같
아서 두 손으로 뺨을 감쌌다.

"어제 한정 신상품이 나
왔거든. 엄마를 졸라서 겨
우 샀단 말이야."

샛별이는 택배 상자에 붙
은 테이프를 뜯기 시작했다.
손톱 끝으로 테이프 구석을

살살 긁는 폼이 예사롭지 않다. 테이프를 쭉 뜯어낼 때는 마치 적군을 향해 칼을 휘두르는 장군처럼 멋져 보였다.

"앗싸! 왔다, 왔어."

샛별이가 자랑한 신상은 평소에 하고 다니는 머리띠와 비슷해 보였다. 하지만 샛별이는 달랑거리는 별 색깔이 한정판으로 나온 거라고 했다.

나는 한정판 머리띠보다 샛별이 옆에 쌓여 있는 상자에 눈이 갔다.

"샛별아, 여기 상자 다 어떻게 할 거야?"

"어떻게 하긴. 그냥 대충 쌓아 놓는 거지. 너는 신상 머리띠보다 상자에 관심을 가지는 거니?"

샛별이가 뾰로통한 표정으로 물었다.

"아니, 상자를 만들려면 종이가 필요하잖아. 종이를 만들기 위해서는 나무를 베어야 하고……. 그렇게 하다 보면 나무가 진짜 할 일을 못 하게 되는데……."

"뭐라는 거야? 나무가 무슨 일을 하는데?"

"탄소 중립을 위해서는 나무가 필요해. 우리가 어쩔 수 없이 내뿜는 이산화 탄소를 나무가 빨아들이거든. 그런데 나무를 택배 상자 만드는 것에 다 쓴다면……."

"이상한 별나라 이야기야? 탄소 중립이 뭐 어쨌다고? 난 그런 건 모르겠고, 한 시간 후에 특별 홈 쇼핑을 한다는 건 알아."

샛별이는 알람까지 맞춰 놓았다고 했다.

샛별이가 환경을 파괴하는 괴물로 보였다. 샛별이를 향한 마음을 정말로 접어야겠다.

"물 잘 마셨어. 갈게."

"뭐야? 너 정말로 물 마시러 여기까지 온 거야? 너희 집에 물이 없어?"

"아니, 난 지금 옥상으로 올라가는 길이야."

"옥상? 옥상에 가는데 왜 계단으로 가는 거야? 엘리베이터 타면 금방이잖아. 왜 바보 같은 짓을 하니? 너 똑똑한 줄 알았는데, 아니구나?"

샛별이가 눈을 흘기며 말했다.

"엘리베이터를 타게 되면 그만큼 전기를 쓰게 되고, 그러면 환경에 좋지 않을 거야. 탄소가 발생하는데, 그걸 나무가 흡수해서 탄소 중립이 이뤄져야 하는데……."

"아, 그만해! 너 정말 이상해! 자꾸 헛소리할 거면 나가 줄래? 조금 있으면 특별 홈 쇼핑 방송 시간이거든. 그리고 바보 같은 짓 하지 말고 엘리베이터 타고 옥상으로 가. 알았니? 시간이 금이라는 말도 모르니?"

"엘리베이터를 타면……."

"됐어! 엘리베이터가 없다면 택배 기사 아저씨가 우리 집까지 배달 오겠니? 한 번만 더 엘리베이터 어쩌고저쩌고하면 너랑 절교할 거야!"

샛별이가 으름장을 놓으며 나를 밀었다. 그러지 않아도 나도 그럴 생각이었다.

'환경 생각은 눈곱만큼도 안 하는 너랑은 친해지고 싶지 않아.'

나는 속마음을 삼키며 현관문을 열고 나왔다. 갑자기 눈물이 나올 것만 같아서 입술을 깨물었다.

우당탕 층간 소음

물을 마셨더니 살 것 같았다. 샛별이 때문에 기분은 별로지만 말이다.

클린 행성에서 나를 기다리고 있을 아빠에게 빨리 가야 한다. 힘을 내서 계단을 올랐다.

40층을 막 지나고 있을 때, 시끌벅적한 소리가 들렸다. 소리는 계단을 타고 내 귀에 들렸다. 계단을 오를수록 점점 크게 들려왔다.

'어? 45층이면 우람이네 집인데…….'

우람이는 우리 반에서 가장 큰 친구다. 뚱뚱하기도 하지만 키도 선생님만큼 크다. 하지만 목소리는 우리 반에서 가장 작을 거다. 몸은 하만데, 목소리는 개미다. 그래서 우람이 별명은 '개미 하마'다.

하지만 우람이가 시끄러울 때가 있다. 그건 바로 우람이가 움직일 때다. 덩치가 크니까 걸을 때 쿵쾅쿵쾅! 발걸음 소리만 들어도 우람이가 교실에 들어오는 줄 단번에 알 정도다. 우람이 뒤에 앉으면 수업 시간에 꾸벅꾸벅 졸아도 모른다. 큰 덩치로 가려 주기 때문이다.

우람이를 처음 보는 급식 도우미는 우람이를 선생님으로 착각하기도 한다.

"선생님, 많이 드세요."

그러면 우람이는 정말로 선생님인 척 밥이랑 반찬을 많이 받는다.

"우……."

반가운 마음에 우람이를 부르려다 말았다. 분위기가 심상치 않아 보였다.

"시끄러워서 살 수가 없다고요! 내가 몇 번이나 말했어요? 네?"

"죄송합니다. 우람이를 조심시켰는데……. 오늘은 갑자기 배가 아파서 급하게 화장실에 가는 바람에……."

우람이 엄마가 고개를 숙이며 말했다. 그 옆에 서 있는 우람이는 얼굴을 찡그린 채 서 있었다. 그러다 나와 눈이 마주쳤다.

"힘찬아!"

우람이 엄마도 나를 알아보고 인사했다. 하지만 표정은 좋지 않았다.

"여기까지 계단으로 올라온 거니?"

내가 고개를 끄덕이자 우람이가 놀란 눈으로 나를 쳐다봤다.

"왜? 설마 살 빼려고 계단 운동을 하는 거야? 우리 엄마도 나한테 맨날 계단 운동을 하라고 하는데, 난 숨쉬기 운동도 힘들어."

우람이가 장난스럽게 농담을 하자 우람이네 아래층 아줌마가 말했다.

"그래, 너도 이참에 살을 빼. 그러면 층간 소음도 줄어들 거야."

아래층 아줌마 말에 우람이가 고개를 푹 숙였다.

"그건 저희가 알아서 할게요."

우람이 엄마가 우람이 손을 잡으며 말했다. 아래층 아줌마는 큼큼 헛기침을 하더니 나를 향해 물었다.

"넌 어디 가는 길이니?"

"저기요."

우람이에게 소리를 지르는 아줌마가 별로라서 나는 손가락을 위로 찌르며 대충 대답했다.

"저기? 엘리베이터 놔두고 미련하게 계단으로 올라가는 거니?"

아줌마가 혀를 차며 말했다.

"그래, 힘찬아. 1층에서 여기까지 어떻게 올라온 거니?"

"너 1층에 사니? 그럼 엘리베이터를 타면 안 되지. 1층에 살면 엘리베이터 공동 전기 요금 안 내잖아."

우람이를 층간 소음으로 잡아먹을 듯 소리쳤던 아줌마가 이번엔 나에게 따졌다. 환경 때문에 엘리베이터를 타지 않는 건데……. 우람이 아래층 아줌마는 같은 말을 해도 참 기분 나쁘게 한다. 우람이가 아래층 아줌마 때문에 스트레스를 엄청 받을 것 같아서 나까지 기분이 우울해졌다.

당장에 우람이를 구하고 싶었다. 매일 아래층 아줌마의 잔소리를 듣는다면 정말 살고 싶지 않을 거다. 층간 소음 걱정이 없는 우리 집이랑 바꿔 주고 싶을 정도다. 그건 아빠가 돌아와야 가능한 일이니까, 당장에 어떤 방법이 필요했다.

"잠깐만 기다려 보세요."

나는 왔던 길을 되돌아 내려갔다.

"힘찬아, 어디 가?"

우람이 목소리가 등 뒤에서 울렸다. 개미만한 우람이 목소리가 계단을 타니까 크게 들렸다.

다시 샛별이 집으로 갔다. 환경 생각은 하나도 안 하는 샛별이는 별로지만, 꼭 필요한 것이 있어서다.

초인종을 눌러도 대답이 없다. 아무래도 홈 쇼핑에 홀딱 빠져 있나 보다.

나는 급한 마음에 문을 쾅쾅 두드리며 소리쳤다.

"택배 왔습니다."

샛별이가 잽싸게 문을 열었다.

"뭐야? 또 너야? 왜 거짓말을 하니?"

"그래야 네가 문을 열어 줄 거 아니야."

"또 환경 어쩌고저쩌고할 거면 가! 나 지금 바빠!"

샛별이가 문을 닫으려고 했다. 나는 문이 닫히기 전에 여기까지 온 용건을 말해야 했다.

"택배 상자 좀 줄래? 꼭 쓸 데가 있어서 그래."

"택배 상자는 우리 집에 차고 넘치니까, 얼마든지."

샛별이는 상자를 몇 개나 챙겨 주었다. 다 필요 없지만, 일단 받았다. 그러고는 우람이가 기다리고 있을 45층으로 올라갔다.

'100층까지 올라가는 것도 힘들어 죽겠는데……. 내가 지금 뭐 하고 있는 건지. 헥헥.'

우람이 집 거실 바닥에 택배 상자를 깔면 좋을 듯 싶었다. 두꺼운 종이는 소리를 흡수하니까.

'역시 난 똑똑해.'

괜히 어깨에 힘이 들어갔다.

우람이에게 상자를 주면서 설명했더니, 우람이 표정이 밝아졌다.

"그러지 말고, 상자로 실내화를 만들면 어떨까? 그럼 어디든 편하게 다닐 수 있을 거야."

우람이 말을 듣고 보니 그랬다. 우람이가 나보다 더 똑똑해 보였다.

"힘찬아, 고마워."

우람이가 먹을 것을 받았을
때만큼 환하게 웃었다. 우람이도
많이 힘들었나 보다. 덕분에 나
도 기분이 좋아졌다. 쓰레기가
될 뻔한 상자가 우람이
의 멋진 실내화로 변신
할 테니까.

"거실 바닥에도 깔
려면 상자가 더 있어
야 될 텐데."

"걱정 마세요! 샛
별이네 집에 상자
무지 많아요."

"맞아, 엄마. 샛
별이가 홈 쇼핑
중독이거든."

우람이도 알고 있었다. 그렇게 말하는 우람이 얼굴이 벌게졌다. 아무래도 우람이도 샛별이한테 마음이 있었나 보다.

'샛별이 실체를 보면 너도 마음이 달라질 거야.'

엉뚱한 생각을 하고 있는데, 아빠에게서 문자가 왔다.

힘찬아, 우주선이 옥상 위에 도착했다는구나.

어서 서둘러라.

마음이 급해졌다. 나는 서둘러 인사를 하고 계단을 오르려고 했다. 그러자 44층 아줌마가 엘리베이터를 타라고 했다. 전기 요금을 내지 않더라도……. 내가 우람이에게 선물한 상자가 무지 마음에 드나 보다. 나는 전기 요금 때문이 아니라 전기를 아끼기 위해서 계단으로 걸어간다고 했다.

"어머나, 어린아이가 환경도 생각하고 기특하네."

환경은 어린아이뿐만 아니라 어른들도 생각해야 된다
고 말하려다 말았다. 아빠의 재촉 문자가 또 왔기 때문
이다.

방글라데시 축구 선수

마음은 서두르려 했지만 몸은 그러지 못했다. 물에 흠뻑 젖은 솜처럼 몸이 무거웠다.

'그래, 잠시만 쉬자.'

63층 계단에 털썩 주저앉았다.

아침부터 계단을 올랐더니 너무 피곤했다. 눈꺼풀이 저절로 내려왔다. 그러다 나도 모르게 까무룩 잠이 들었다.

"여기는 도대체 어디야?"

사방이 깜깜해서 아무것도 보이지 않았다. 하지만 코로 전해지는 악취에 숨쉬기가 힘들었다. 어둠에 익숙해지자 주변이 보이기 시작했다.

쓰레기가 백두산보다 아니, 하늘에 금방이라도 닿을 듯 쌓여 있었다.

"아얏!"

머리 위로 뭐가 떨어졌다. 얼마나 아픈지 맞은 곳에 혹이 솟아났다.

고개를 들어 하늘을 보았다. 숨이 턱 하고 멈추는 줄 알았다. 하늘에서 쓰레기가 비처럼 내리고 있었기 때문이다. 나는 내 몸을 마구 때리는 쓰레기 비를 피하기 위해 달렸다. 쓰레기 비를 피할 수 있는 곳을 찾아야 했다.

'하늘에서 쓰레기 비가 내리다니……'

보고도 믿을 수 없었다.

따닷따닷!

쓰레기 비가 내리는 소리에 정신이 없었다.

우왕좌왕 달리며 쓰레기 비를 고스란히 맞았다. 여기저기 떨어진 쓰레기에 치여 넘어졌다. 넘어진 내 몸 위로 쓰레기가 장대비처럼 쏟아졌다. 눈 속에 파묻히는 것이 아니라 쓰레기에 파묻히게 생겼다.

"으아앙! 살, 살려 주세요! 살~려~ 으아아!"

"이봐요!"

누군가 부르는 소리가 들렸다.

'드디어 살았다.'

몸을 일으켠 순간 커다란 쓰레기가 내 몸을 덮쳤다.

"으악!"

눈을 번쩍 떴다.

쓰레기가 하나도 보이지 않았다. 얼마나 무서운지 팔에 소름이 돋았다.

"휴, 꿈이었구나."

그런데도 머리가 얼얼한 것이 정말로 쓰레기 비를 맞은 것만 같았다.

"괜찮아요?"

"네? 네."

꿈에서 완전히 깨지 못해서 얼렁뚱땅 대답했다.

"여기서 자면 어떡해요? 그러다 감기 들어요."

나를 일으켜 주려는 아저씨를 보는 순간 깜짝 놀랐다. 검정콩이 생각날 정도로 아저씨 얼굴이 까맸기 때문이다. 우리나라 사람이 아니었다.

"어, 어디서 오셨어요?"

잠이 덜 깨도 궁금한 것은 참을 수 없었다.

"나는 여기 6301호에 살아요. 저기 멀리 방글라데시에서 왔어요."

우리 아파트에 외국인이 산다고 했는데……. 내 눈앞에 있는 아저씨를 두고 하는 말이었나 보다.

엉덩이를 털면서 일어나려는데 휘청했다. 하마터면 앞으로 고꾸라져서 계단 아래로 구를 뻔했다.

만약 아저씨가 잡아 주지 않았다면…….

심장이 쿵 하고 내려앉는 것 같았다.

"감사합니다."

얼른 인사를 하고 걸음을 떼려는데 쉽지 않았다. 발이 제멋대로 휘청거렸다. 거기에 다리에 쥐까지 났다.

쥐가 났을 때 아빠가 알려 준 방법이 있다. 나는 손가락에 침을 묻혀서 세 번 코에 찍었다. 그런 내 모습을 보더니 외국인이 웃으며 말했다.

"쥐가 났어요? 나도 그래요. 나도 쥐가 나면 그렇게 해요. 하하하."

"방글라데시에서도 그래요? 완전 신기하다. 지구촌은 하나라는 말이 맞나 봐요."

"아뇨. 한국에 와서 배웠어요. 쥐가 나면 이렇게 코에 침을 세 번 묻히라고."

외국인도 나를 따라했다.

"제 이름은 힘찬이에요. 지금은 아빠에게 가는 길이고요. 아저씨 이름은 어떻게 돼요?"

"내 이름은 코르예요. 내 아들 이름은 마르고요. 아들
보고 싶어요. 힘찬 군을 보니까 마르가 생각나요."
    그러더니 아저씨는 코를 훌쩍였다.
    "보고 싶으면 보면 되잖아요."

별로 어렵지 않을 것 같았다. 비행기만 타면 방글라데시는 금방 갈 수 있을 거다. 우주에 있는 클린 행성보다는 가까울 텐데, 왜 보고 싶다는 타령만 하는지 이해가 되지 않았다.

"돈 벌어야 해요. 마르는 축구 선수 되고 싶어 해요. 그러면 돈이 많이 있어야 해요. 나 한국에 돈 벌러 왔어요."

그러면서 코르 아저씨는 한숨을 아주 길게 내쉬었다. 돈 많이 벌어서 비행기 타고 마르를 보러 가면 될 텐데……. 무슨 걱정이 있나 싶었다.

"나 아무 잘못 안 했어요. 그런데 불법 체류자라고 일 못 하게 해요. 잡아갈까 봐 숨어 있어요."

아저씨 말에 심장이 덜컥했다. 불법이라는 말은 법을 지키지 않은 사람한테 쓰는 말이다. 그리고 감옥에도 간다. 나도 모르게 코르 아저씨와 거리를 두고 싶어서 엉덩이를 옆으로 밀었다.

"내 아들 마르를 위해서 돈 벌고 싶어요. 나 잘못 안 했어요."

코르 아저씨가 울먹이며 말했다. 그런 코르 아저씨가 불쌍하게 느껴졌다. 내가 봐도 코르 아저씨는 잘못을 해서 감옥에 갈 사람처럼 보이지 않았다.

언젠가 아빠가 그랬다. 어려운 일일수록 함께 해결해야 된다고.

코르 아저씨가 클린 행성에서 일을 하면 좋겠다는 생각이 들었다. 한국에서는 불법이지만 우주에서는 상관없을 거다.

생각이 거기까지 미치자 마음이 급해졌다.

"코르 아저씨, 아주 멋진 일이 있는데 같이 할래요?"

"돈만 벌 수 있다면 할래요. 마르 축구 선수 하고 싶어 해요."

아들을 걱정하는 아저씨를 보는데 코끝이 찡했다.

지구 환경을 위해서 하루 24시간이 부족하다며 뛰어다니는 아빠도 집에 들어오면 항상 나부터 찾는다. 그런 마음이 고스란히 느껴졌다.

"여기에서는 불법 체류자라 일을 할 수 없지만, 클린 행성에 가면 일할 수 있어요."

"정말요? 가겠어요. 지구 밖 우주라도 가겠어요."

"와, 코르 아저씨, 어떻게 아셨어요? 클린 행성은 우주에 있어요."

내 말에 아저씨 눈이 동그랗게 떠졌다. 놀라는 모습이 웃겨서 웃었더니, 아저씨도 따라 웃었다.

나는 코르 아저씨에게 클린 행성에 가야 하는 이유와 그곳에서 해야 할 일을 설명해 주었다. 그러자 아저씨는 고개를 끄덕이면서 꼭 하겠다고 했다.

"한국은 사계절이라고 들었어요. 하지만 살아 보니까 그렇지도 않았어요. 그게 다 지구 온난화 때문이라고 했어요. 지구를 살리는 일이 우리 마르를 살리는 일이에요. 무조건 하겠어요."

코르 아저씨는 두 주먹을 불끈 쥐었다. 그 모습을 보는 것만으로도 힘이 났다.

　아저씨는 짐을 챙기고 따라가겠다며 먼저 가라고 했다.

　"힘찬 군! 고마워요. 나도 계단으로 올라가겠어요. 전기를 만들려면 에너지를 많이 써야 하니까, 지구에 나빠요. 전기를 아껴야 해요."

　내 편이 생겼다는 생각에 박수가 절로 나왔다.

　'아빠, 조금만 기다려요. 금방 갈게요.'

넘쳐 나는 음식물 쓰레기

아저씨와 헤어지고 발걸음이 가벼워졌다. 아빠 말처럼 한 명이라도 내 편이 있으면 아주 큰 힘이 되는 것 같다.

한참을 오르다 보니 드디어 80층에 도착했다.

아침에 눈을 떠서 올라온 계단이 거짓말처럼 아득하게 느껴졌다. 그러자 눈앞이 뱅글뱅글 돌면서 금방이라도 쓰러질 것 같았다.

'그래, 조금만 쉬었다 가자.'

계단에 앉으려다 벌떡 일어났다.

8001호 현관문에 붙여 놓은 문패가 내 눈을 확 끌었기 때문이다.

〈혜주네 집〉

그렇다. 8001호에는 우리 반 회장, 혜주가 살고 있었다.

혜주는 회장답게 반 아이들을 잘 챙긴다. 혜주에게 내 사정을 이야기하면 도와줄 지도 모른다. 하나보다는 둘이 낫고, 둘보다는 셋이 나을 테니까.

벨을 눌렀다.

"누구세요?"

혜주의 명쾌한 목소리가 현관문을 뚫고 들렸다.

"나, 힘찬이야."

내 목소리에도 힘이 들어갔다.

현관문이 열리고 혜주 얼굴이 보였다. 반에서 만났던 것보다 더 반가웠다. 혜주와 함께 풍겨 오는 음식 냄새에 마음을 홀딱 빼앗겼다.

꼬르르륵

배에서도 음식 냄새를 알아챘나 보다.

"우리 집에 무슨 일로 찾아온 거야?"

"아니, 지나가다 들렀어."

"지나가다 들렀다고? 너네 집 1층 아냐? 혹시 1층에서 계단으로 올라왔다는 말이니?"

내가 고개를 끄덕이자 혜주가 고개를 절레절레 흔들며 말했다.

"무슨 말도 안 되는 소리야? 엘리베이터를 두고 왜 계단으로 다녀? 그것도 100층 아파트에서."

배에서 또 꼬르륵 소리가 났다.

"혜주야, 뭐 만들고 있었어? 너희 집에서 맛있는 냄새가 나네."

나는 일부러 코를 벌름거리면서 말했다.

"내 꿈이 요리사잖아. 그래서 주말마다 엄마와 음식을 만들어. 너도 들어와서 맛볼래?"

'빨리도 물어본다.'

나는 침을 꿀꺽 삼키며 들어갔다.

"혜주랑 같은 반 힘찬이구나? 어서 들어오렴."

혜주 엄마에게 인사를 하는 순간, 나는 그 자리에 얼어붙고 말았다.

"혜주야, 오늘 무슨 날이야? 무슨 음식을 이렇게나 많이……."

너무 놀라서 말이 제대로 나오지 않았다.

"무슨 날이긴. 내 요리 실습하는 날이지. 아, 이거? 만들다가 실패한 거야. 요리사가 단번에 성공하는 줄 아니?

실패는 성공의 어머니라는 말도 있잖아."

혜주는 어깨를 으쓱이며 말했다.

"혜주야, 네가 만든 음식들 다 먹을 거야?"

나는 걱정하는 마음을 숨기고 조심스레 물어보았다.

"제 정신이니? 저걸 어떻게 다 먹어? 버리면 되는데, 뭔 걱정이야?"

걱정이 현실이 되었다. 음식물 쓰레기를 처리하는 데 는 많은 에너지가 필요하다. 지구 온난화의 손꼽히는 원인

중 하나가 음식물 쓰레기라고 한다. 그래서 할머니는 우리 집에 음식을 보낼 때도 딱 먹을 만큼만 나눠서 보낸다.

마음 같아서는 내가 다 먹어 치우고 싶었다.

"힘찬아, 이건 내가 치즈 가루를 뿌려서 만들어 본 거야. 이건 안 뿌린 거고. 뭐가 맛있는지 말해 줄래?"

"우리 혜주가 요리사가 꿈이라서 매주 다양한 방법으로 음식을 만들어 본단다. 덕분에 나도 요리 실력이 꽤 늘었지."

혜주 엄마 말에 고개를 살짝 끄덕였다.

혜주가 두 개의 접시에 가득 쌓인 음식을 내주었다. 배가 고파서 먹긴 했지만, 별 차이를 느끼지 못했다.

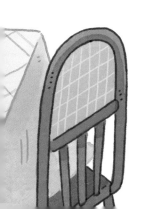

"비슷한데?"

"뭐가 비슷해? 잘 느껴 봐. 치즈가 있고 없고가 얼마나 큰 차인데."

혜주가 심통이 나서 사나운 표정을 지으며 말했다.

"혜주야, 음식을 딱 먹을 만큼만 만들면 안 돼?"

"넌 음식에 대한 예의가 없어. 음식은 푸짐해야 먹음직스럽다고!"

"넌 지구에 대한 예의가 없어. 네가 버린 음식물 쓰레기 때문에 지구가 얼마나 아파하는 줄 알아?"

"지구가 아픈 거랑 나랑 무슨 상관이야?"

혜주가 음식이 담긴 그릇을 낚아채며 말했다.

"먹기 싫으면 먹지 마!"

배는 고팠지만 더 먹고 싶지 않았다.

"혜주야, 친구한테 그렇게 말하는 거 아니라고 했지?"

그렇게 말하는 혜주 엄마는 남은 음식을 아무렇지 않게 음식물 쓰레기통에 버렸다.

반에서 회장으로 보던 혜주와 완전 달랐다. 교실에서는 재활용 분리수거도 엄청 잘한다. 배가 고파서인지, 아니면 속상해서인지 몸에 힘이 쭉 빠졌다.

내가 밖으로 나가자 혜주는 현관문을 쾅 소리 나게 닫아 버렸다.

옛날 옛적에는

　이상하게 배가 고프지 않았다. 속상한 마음이 너무 커서 그런 것 같다.

　나 혼자 이렇게 한다고 지구가 달라질까 싶었다. 이대로 포기하고 싶다는 마음까지 생겼다. 이런저런 생각을 하며 계단을 오르다 보니 어느덧 99층이었다.

　이제 한 층만 올라가면 옥상이다. 옥상에는 나를 클린 행성에 데려다줄 우주선이 기다리고 있을 것이다. 하지만 힘이 나지 않았다.

　'나까지 포기하면 아빠는 더 힘들 거야. 코르 아저씨도 함께 돕기로 했잖아.'

내 속에 또 다른 마음이 생겼다.

여기까지 왔는데 포기하면 안 된다. 무엇보다 클린 행성에서 나를 기다리고 있을 아빠를 생각해서라도 힘을 내야 했다.

문득 코르 아저씨 집 앞에서 꾸었던 꿈이 떠올랐다. 비록 꿈이었지만, 언젠가는 그런 날이 올지도 모른다고 생각하니 무서웠다.

지금은 나 혼자지만 혼자라도 힘을 내야 한다. 그래야 아빠도 힘을 얻어서 더 많은 사람들에게 지구를 지키자고 소리칠 수 있을 거다.

옥상을 향해 걸으려는데 현관문이 열렸다.

"누구니? 나를 찾아온 거야?"

머리카락에 하얀 눈이 소복이 앉은 할머니가 물었다.

"아, 아뇨. 옥상으로 가는 길이었어요."

"그럼 엘리베이터를 타고 바로 가면 되지 여기서 뭐 하는 거야?"

할머니가 다소 실망스러운 표정을 지으며 물었다.

나는 다시 설명하기도 귀찮아서 그냥 운동 삼아 계단으로 가는 길이라고 했다. 그러자 할머니가 고개를 끄덕이면서 대답했다.

"그럴 때지. 나도 한참 때는 백 리 길도 마다하지 않고 걸어 다녔어."

할머니는 옛 생각이 나는지 눈을 감았다.

"할머니는 여기 혼자 사세요?"

할머니가 외로워 보여서 바쁘지만 말을 붙였다.

"그래, 모두 떠나고 나 혼자 남았지."

그렇게 말하면서 할머니는 나를 빤히 쳐다보았다. 99층 할머니를 보니까 우리 할머니 생각이 났다. 때마다 반찬이랑 국을 만들어 주는 할머니가 보고 싶어졌다.

"할머니, 저 배고픈데 밥 좀 주세요."

"아이고, 밥도 안 먹고 운동한 거야? 혹시 너도 다이어트하니? 뚱뚱하지도 않구만. 요즘 아이들은 이해를 못 하겠어. 나 때만 해도 밥 잘 먹고 토실토실하면 예쁘다고 했는데……."

할머니는 어서 들어오라며 내 손을 잡아끌었다.

할머니 집은 혜주네 집과는 달랐다. 깨끗하게 정돈된 집이 할머니 집에 온 것처럼 편했다.

할머니는 된장찌개를 끓여 주었다.

"혼자 먹다 보니까 제대로 된 반찬이 없어."

"저 된장찌개 엄청 좋아해요."

나는 국물을 꿀꺽 삼키고 너무 맛있다며 호들갑을 떨었다. 할머니 얼굴이 환해지면서 할머니도 숟가락을 빠르

게 움직였다.

"혼자 먹다가 같이 먹으니까 더 맛있네."

할머니는 평소보다 밥을 두 배나 많이 먹었다고 했다. 나도 너무 잘 먹었다고 트림도 시원하게 뱉었다.

배가 부르자 졸음이 몰려왔다. 하지만 나는 할 일이 있다. 어서 빨리 우주선을 타고 클린 행성으로 가야 한다.

내가 일어나려고 하자 할머니가 아쉬운 듯 말했다.

"자식들은 뭐가 바쁜지 찾아오지도 않아. 보고 싶지도 않은가 봐."

자꾸만 나를 잡으려는 할머니에게 말했다. 쓰레기가 넘쳐 나는 지구를 구하기 위해서 우주선을 타야 한다고.

"요즘은 물건 귀한 줄 몰라. 그냥 쓰다가 싫증나면 버려버리지. 그러니까 쓰레기가 넘쳐 날 수밖에. 나 때만 해도 쌀 한 톨이 귀해서 함부로 뭘 버리지도 못했어.”

“할머니 때는 공기도 깨끗하고, 쓰레기도 없었겠지요?”

“물론이지. 쓸 것도 부족한데 버릴 게 어디 있겠어?”

할머니가 살았던 때의 공기를 마셔 보고 싶다는 욕심이 들었다. 타임머신만 있다면 공기 체험 학습을 가고 싶다.

내가 멈칫대고 있자 할머니가 내 손을 잡으며 말했다.

“내가 바쁜 아이를 붙잡고 주책을 부렸네. 이만 가 봐야지. 아빠가 기다리고 있잖아. 나는 알아. 기다리는 것이 얼마나 힘들고 기운 빠지는 일인지. 휴…….”

그러면서 할머니는 눈물을 콕콕 찍었다. 발걸음이 제대로 떨어지지 않았다.

“할머니, 저랑 같이 가실래요? 이참에 우주여행을 해 보는 건 어때요?”

“늙은이가 따라가면 짐만 될 거야.”

할머니는 쓰레기로부터 지구를 구해 달라고 부탁했다. 할머니의 자식과 손주가 건강한 지구에서 살 수 있도록 말이다.

나는 할머니 손을 꼭 잡으며 약속했다.

클린 행성

　이제 이 문만 열면 옥상이다. 옥상에는 우주선이 나를 기다리고 있을 것이다. 어서 빨리 아빠에게 가서 지구를 구할 방법을 찾아야 한다.

　옥상 문을 여는 순간, 나는 너무 놀라서 입이 쩍 벌어졌다. 우주선 주위로 수많은 사람들이 모여 있었기 때문이다.

　"힘찬아!"

　그중에 샛별이와 혜주, 우람이도 있었다. 아이들은 나를 보더니 반갑게 다가왔다.

　"이제 지구에서는 살 수 없대. 쓰레기가 지구를 지배한다고 했어."

평소 게임을 즐겨 하는 우람이가 말했다.

쓰레기가 지구를 지배한다고? 말만 들어도 소름이 돋았다. 쓰레기들이 살아나서 우리를 잡아먹을 것만 같았다.

"홈 쇼핑을 보는데, 뉴스 특보가 뜨는 거야."

"뉴스 특보?"

특보라면 아주 위급한 상황이라는 거다.

"우리 아파트 쓰레기가 전국 1등이래. 그래서 우리 아파트는 더 이상 사람이 살 수 없대. 쓰레기가 사는 아파트가 될 거라고……. 흑흑."

샛별이가 갑자기 울음을 터트렸다. 그러자 옆에 있던 혜주가 짜증난다는 듯 말했다.

"네가 맨날 택배를 시키니까 그렇지."

"너, 너는? 흑흑. 우리 아파트에서 너희 집 음식물 쓰레기가 제일 많을 거야."

둘은 금방이라도 싸울 것처럼 노려보았다.

"힘찬 학생! 나도 왔어요. 나, 일하고 싶어요. 클린 행
성에서 일할래요."

코르 아저씨도 보였다.

너도나도 우주선을 타겠다고 했다.

이 사람들이 모두 클린 행성으로 간다면 클린 행성도 쓰레기 행성이 되고 말 거다.

우주선을 눈앞에 두고도 탈 수 없었다. 클린 행성에서 나를 눈 빠지게 기다리고 있을 아빠 생각에 마음은 급했지만 이 사람들을 두고 나만 갈 수 없다.

우주선을 향하던 발걸음이 멈췄다.

발바닥에 누가 강력 풀을 발라 놓은 것처럼 꼼짝도 할 수 없었다.

우주선 탑승권

우주선은 얼음에 싸인 것처럼 꼼짝도 하지 않았다. 마치 정지된 화면 같았다. 웅성거림도 점점 줄어들었다. 혹시라도 우주선에 문제가 생겨서 클린 행성에 못 갈까 봐 걱정하는 표정들이었다.

마음 같아서는 각서를 받아서라도 다 데려가고 싶었다. 절대로 쓰레기를 만들지도 버리지도 않겠다는 각서 말이다.

우주선을 향해 한 발을 떼었다. 한숨이 깊은 곳에서 올라와 길게 내뱉었다.

우주선이 가까워질수록 심장이 두근거렸다. 어찌나 빨

리 뛰는지 심장이 밖으로 튀어 나갈까 봐 두 손을 가슴 위에 포갰다.

그때 우주선에서 반짝 빛이 났다. 우주선 둘레로 환한 빛이 새어 나왔다. 사람들이 다시 웅성대기 시작했다. 문이 열리면서 계단이 혓바닥을 내밀 듯 나왔다.

저 계단만 오르면 나는 클린 행성에 갈 수 있다. 그러면 남아 있는 사람들은?

뒤를 돌아봤다. 우리 반 친구들과 눈이 마주쳤다. 언제 올라왔는지, 99층 할머니도 보였다.

'할머니 마음도 바뀐 걸까?'

하지만 지금은 어쩔 수 없는 상황이다.

그렇다고 코르 아저씨와 할머니만 태울 수도 없다.

"힘찬아!"

아빠 목소리다. 잘못 들었나 싶어서 귓구멍을 손가락으로 돌려 팠다.

"박힘찬!"

또 나를 부르는 아빠 목소리가 들렸다. 클린 행성에 있을 아빠가 여기에 있을 리가 없다고 생각하면서 우주선을 빤히 쳐다봤다. 그런데 아빠가 정말로 우주선 계단에서 내려오는 거였다.

"아빠!"

"힘찬아!"

너무 반가운 마음에 아빠에게 달려가 품에 안겼다. 하루가 이렇게 길게 느껴지기는 처음이다. 어제 떠난 아빠였지만 일 년은 헤어져 있던 것 같다.

"아빠, 어떻게 된 거예요? 클린 행성은 어쩌고요?"

"우리 아파트에 쓰레기가 넘쳐 나서 살 수 없다고 하는데, 어떻게 우리만 살겠다고 떠날 수 있겠니?"

아빠 말에 사람들이 박수를 치며 환호성을 질렀다.

"힘찬이 아빠, 멋져요!"

우람이가 우렁차게 소리쳤다. 괜히 내 어깨에 힘이 들어갔다.

하지만 아빠가 온다고 무슨 방법이 있을까 싶었다. 사람들이 쓰레기에 쫓겨서 모두 옥상으로 올라왔는데…….

"아, 빠."

나와 눈이 마주친 아빠가 한쪽 눈을 찡긋하더니 사람들 앞으로 나섰다.

"우주선 탑승권은 딱 다섯 장뿐입니다. 모두 탈 수 없다는 거지요."

"그럼, 누가 탈 수 있나요?"

혜주 엄마가 손을 들고 말했다. 특별한 방법을 알려 주면 받아 적으려는 듯, 수첩이랑 펜도 꺼냈다.

"클린 행성에서 새로 나온 초강력 청소기를 가지고 왔습니다. 어떠한 쓰레기도 한 번에 빨아들이지요."

"그래요? 그럼 어서 우리 집 쓰레기부터 치워 줘요."

"우리 집이 더 급해요. 우린 앉아서 밥 먹을 공간도 없다고요."

"쓰레기 침대에서 자 봤어요? 우리는 쓰레기를 밟으며

살아요."

엄청 부끄러운 이야기를 사람들은 아무렇지 않게 했
다. 그만큼 쓰레기를 빨리 치우고 싶은 마음이 간절해서
그럴 거다.

"이 청소기는 재활용 쓰레기를 빨아들이지 못합니다.
일단 집으로 내려가서 재활용할 수 있는 것들은 따로 분
리해 주세요."

사람들이 서둘러 내려가기 위해서 뒤엉켰다.

99층 할머니가 내 손을 잡으면서 말했다.

"사람들이 쓰레기 귀한 것도 알아주면 좋겠어."

"부모님 귀한 것을 알고 연락을 하는 것처럼요?"

내 말에 할머니 눈가가 또 촉촉해졌다.

아빠가 나에게 다가와서 말했다. 함께 도우면 빨리 끝
낼 수 있다고.

아빠는 내려가는 사람들을 향해 재활용 방법에 대해서
설명했다. 그러자 어떤 아저씨가 소리쳤다.

"말 안 해도 다 알아요."

그럼 여태 알면서도 하지 않았다는 거다. 그건 더 나쁜 거다.

나는 홈 쇼핑을 좋아하는 샛별이네 집으로 갔다. 번뜩이는 아이디어가 떠올랐기 때문이다. 샛별이가 모아 놓은 박스를 차곡차곡 정리했다. 뒤따라온 샛별이는 궁금했는지 뭐 하냐고 물었다.

"여기에 재활용할 수 있는 물건들을 나눠 담을 거야."

나는 박스에 '종이', '유리', '플라스틱', '비닐'이라고 썼다.

"어쩌지? 우람이가 층간 소음 방지 슬리퍼를 만든다며 박스를 가져갔는데……."

"걱정 마. 이걸로도 충분하니까."

지구도 살 만한 곳이야

우리 아파트가 텔레비전에 나왔다. 쓰레기 아파트가 아닌 살기 좋고 깨끗한 아파트로 말이다. 거기에 나는 아파트 대표로 인터뷰까지 했다.

"힘찬아, 너 완전 유명해졌더라. 난 네가 그렇게 말을 잘하는 줄 몰랐어."

샛별이 칭찬에 몸이 붕 떠오르는 것 같았다.

"헤헤. 내가 원래 한 인물 하잖아."

멋쩍어서 일부러 농담을 건넸다.

"내가 진짜 즐겨 보는 홈 쇼핑이 있는데, 거기 나오는 쇼 호스트보다 네가 요만큼 더 멋있는 것 같아."

샛별이가 엄지와 검지를 포개며 말했다. 샛별이 손 모양은 하트였다. 그걸 본 우람이가 소리쳤다.

"너 그거 고백이야?"

"고, 고백 아니거든. 아, 정말! 고구마 백 개 먹은 것처럼 답답해."

가슴을 탕탕 치는 샛별이 얼굴이 벌게졌다.

"힘찬아, 나 꿈이 바뀌었어."

혜주가 다가와서 말했다. 이번에는 어떤 꿈으로 쓰레기를 잔뜩 만들어 놓을지 벌써부터 걱정이 되었다.

"환경을 생각하는 요리사가 될 거야. 남는 음식이 없도록 적당한 재료로 요리를 하는 거지. 그리고 친환경 재료를 사용해서 건강한 음식을 만들 거야. 혹시라도 남는 음식이 생겨서 버려도 땅에 영양분을 주는 퇴비로 사용할 수 있대."

"정말? 그런 재료가 있어?"

나도 몰랐던 거다.

"환경을 생각하는 요리사가 되려면 그 정도는 기본 아니겠니?"

혜주의 잘난 척이 밉지 않았다. 오히려 보기 좋았다.

어쨌든 우리가 이렇게 놀이터에 앉아서 재미있게 놀며 이야기도 주고받아서 정말 좋다.

만약에 우리 아파트를 쓰레기에게 빼앗겼다면 어떻게 되었을까? 생각만 해도 아찔하다.

"힘찬아, 난 네가 100층까지 계단으로 올랐다는 사실이 너무 멋져!"

우람이 말에 내가 손을 휘저으며 말했다.

"다시는 못 올라. 그때만 생각하면 아직도 다리가 후들거려."

"넌 무슨 생각으로 계단을 올랐니?"

혜주가 궁금해 죽겠다는 표정으로 물었다.

"그때는 지구를 살려야겠다는 생각뿐이었어. 나부터 전기를 아껴야 한다고 생각했지."

아빠의 부탁 이야기는 쏙
빼고 말했다.
　　"역시 힘찬이는 멋져!"

샛별이가 박수까지 치면서 말했다. 아무래도 샛별이가 나를 좋아하는 것 같다. 그러자 계단을 오를 때처럼 심장이 마구 뛰었다.

"지금은 마음껏 엘리베이터를 타고 너희 집에 놀러 갈 수 있어서 좋아. 나 진짜 죽는 줄 알았거든."

"맞아! 맞아! 태양열 전기가 없었다면 나도 눈치가 보였을 거야."

우람이 말에 혜주가 물었다.

"태양열 전기가 없으면 집까지 계단으로 다닐 생각이었어?"

"뭐라는 거야!"

우람이가 발끈했다. 이참에 우람이가 계단으로 운동을 하면 지금보다 훨씬 멋져질 거라는 생각이 들었다. 우람이 살에 숨겨진 눈, 코, 입을 찾아 주고 싶었다.

"너희 지금 시간 어때? 99층 할머니가 놀러 오라고 했거든. 가래떡을 구워서 꿀에 찍어 먹으면 둘이 먹다가 하나가 죽어도 모를 맛이래.”

내 말에 우람이가 벌떡 일어났다. 어서 가자며 방방 뛰었다. 샛별이와 혜주도 할머니 옛날이야기가 듣고 싶다고 했다.

우리를 반겨 줄 할머니 생각을 하자 마음이 급해졌다. 우리는 서둘러 아파트를 향해 달렸다.

오늘따라 구름 한 점 없이 하늘이 파랗다. 꼭 하늘색 물감을 풀어 놓은 것처럼. 그 속에 반짝하고 빛나는 점이 있었다. 바로 클린 행성이다. 클린 행성에서 마음 편하게 일하고 있을 코르 아저씨 생각이 났다.

내년에 열릴 축구 대회 때 코르 아저씨 아들, 마르가 국가대표 선수로 우리나라에 온다고 했다.

마르에게 사계절이 분명한 우리나라를 보여 주고 싶다.

“박힘찬! 안 오고 뭐해?”

우람이가 나를 부르며 손짓했다.

“알았어.”

나는 큰 소리로 대답하며 달렸다.
쓰레기로부터 지구를 함께 구한 친구들을 향해!

작가의 말

아침에 일어나면 습관적으로 뉴스를 틀어요. 어렸을 때는 뉴스에 관심이 없었지만, 어른이 되니까 뉴스부터 챙겨 보게 되었어요.

"뉴스가 뭐가 재밌어요?"

어린이 독자들은 이렇게 되묻겠지요?

뉴스는 재미를 위해서 보는 게 아니라 내가 사는 곳이 어떻게 움직이고 있나 궁금해서 보는 거예요.

하나 고백하자면 나도 어렸을 때, 뉴스를 챙겨 보는 어른들을 이해할 수 없었답니다.

요즘 뉴스를 보고 있으면 한숨만 나와요. 기분 좋은 소식보다는 무섭고 슬픈 이야기가 더 많거든요.

아직도 전쟁을 하는 나라가 있고, 외국에서 온 노동자가 제대로 대우를 받지 못하거나 불의의 사고를 당하는 이야기가 많아요. 그리고 무엇보다 기상 이변 때문에 자연재해 앞에서 속수무책으로 당하는 지구 속 이웃들의 이야기를 들으면 남 일처럼 느껴지지 않아요. 누구에게나 일어날 수 있는 일이에요. 그리고 그 일은 우리의 사소한 행동에서 비롯되었다고 생각하니, 후회가 해일처럼 밀려와요.

후손에게 어떤 지구를 물려줘야 할지, 알면서도 그렇게 실천하지 못하는 행동 때문에 양심 고백을 하고자 마음먹었어요. 그래서 이 동화를 쓰게 되었지요.

힘찬이를 통해서 나의 행동을 반성하고, 어린이 독자들에게 지금이라도 늦지 않았다고 말해 주고 싶었어요. 아파트 100층을 혼자 오르면서 힘찬이는 많은 이웃을 만나요. 일회용품을 마구 쓰는 소설가, 택배 속에 파묻혀 사는 샛별이, 층간 소음으로 소심해진 우람이, 음식물 쓰레기를 넘치게 만드는 혜주, 불법 노동자와 홀몸노인까지. 뉴스에서 들었던 다양한 이야기를 전해 주고 싶었어요.

어린이 독자들은 뉴스보다는 동화를 좋아하니까요.

힘찬이가 100층까지 올라서 혼자 우주로 탈출하지 않고, 함께 지구를 살리는 모습에 나의 간절함을 담았어요.

지금이라도 늦지 않았어요. 늦었다고 생각할 때가 가장 빠르다고 하잖아요.

우리가 사는 지구는 우리 손으로 가꾸고 만들어 가는 거예요.

여러분이 살아갈 지구는, 제발 쓰레기 때문에 힘들어하지 않았으면 좋겠어요.

"쓰레기 지구야! 이젠, 안녕!"

쓰레기 없는 세상을 꿈꾸는 동화 작가, 류미정